明け方の狙撃手

The Shooter * in the Dawn

夏野 雨

思潮社

明け方の狙撃手

夏野 雨

The Tale of a Bear
くまのはなし

今からくまのはなしをしよう
毎晩一緒にねむっているがひとではない
とおいせかいのくまである
まぶたをとじて
いなくなることが
あらかじめ決まっている
とうめいなくまである
が
ひかりにあたってしろくみえる
やわらかい
だらんとしている
よるによるのひかり
きえたくなくて
まどをしめられない

とおもうよるにも
どうどうと
ねむっている
いるな
くま
草木のように
あらかじめ
うまれたのだから
もういるな
とおもいつつ
あたたかい
せつげんに
ねむる
ゆきにゆきのひかり
まぶたのうらに
とおいひかり

明け方の狙撃手

The Shooter in the Dawn

夏野　雨

Chapter 1

発火点

A telephone box on a street rang and
An angel says
“Hello, world. are you a flash point of silence?

道端の公衆電話が鳴り始め
天使が言う
「ハロー・ワールド　きみが世界の発火点？」

Alpha Centauri
ケンタウリ、アルファ

このよでいちばん売れている本が、売られていない町でのできごとです。

とんびが飛び通信販売のファッションショーが、無料、つまりフリーのまま郵便受けを占拠しています。とんびは獲物をねらっています。川の上空を旋回しながら、二羽、爪の先に銀の刃つまり魚をくい込ませるものとそれを奪い去ろうとするものの対立項が、アルファ、tを不確定要素に保留したまま螺旋で読解されていきます。それを橋の上でみているわたし、Iとすると串刺しの川の流れ、車道方向に昼ひなかのひかり、クラクション。信号が変わったのを機に解答を放棄して進むあしどりは、ショーの踊り子となんら変わりありません。（ヒールがかけていることいがい）

あけがた、蛍光灯つけっぱなしの店内から、誰も乗っていない自転車たちがにげ出す。車輪車輪、ほそい針金が渦をまいて、わたしたちはみとれます。(北半球と南半球では水の渦巻きがちがうんだって、洗濯機の設計をする人はそれを考慮にいれてるんだろうか?)福岡と茨城では秤の標準設定をすこしだけかえます。といってもリセットボタン、押すだけなんですけどね。肩のあたり?　いや踵の横に、ちょっと皮がめくれたところがあるでしょう。あかくはないです。(石鹸はしみます)お風呂場に間違って鍵をかけてしまったときは、外側から針金ではずします。安全ピンでもいいです。取っ手部分の左隅に、かけているところがあるでしょう。ピンを押し込む、金属音、抜く、ピンの先は湿ってしまうので、錆びないよう拭きましょう。ふたり以上のおこないです。内側の人は渦巻きの観察を。湯冷めには十分注意してください。

ケンタウリ、アルファは三連星です。三つの重力がきょうもながい鎖編みをしています。彼らが地球に及ぼす力はいま天文学者に問い合わせ中ですがみなみじゅうじせいのガイドとしてはとても優秀です。でもこの町でそれをみることはできません。あしのうらでかんじるだけです。インターネットで指名すれば本は買えますがこのよでいちばん売れているばあいさまざまなバージョンがありすぎてこまります。四月の教材販売で◯をつけて出すべき注文用の紙をなくしてしまったのです。わたしの郵便受けには入っていませんでしたよ。あなたのには入っていましたか？　机の上にあるその本の題名を教えてください。授業はいつも目隠しで、粛々と進んでいきます。アルファ、アルファ、不確定要素を保留にしたままわたしたちは口伝をつづけます。南半球のらくだには、漢字と絵の方程式で手紙を書こうとおもいます。

It's Fine Today
イッツファイントゥディ

世界の果ての国へ
本を送った
二百八十円だった
電送じゃないからすぐには届かない
小形包装物
エコノミーな航空便の備考欄には
二、三週間で届く予定だけど正直保障はない
と
書いてあった

岩ばかりが転がっているという　砂漠に
誰にも飼われていない四つ足の生き物がいて
草を食んでいるのをみたという

彼は未来の人で
三十分だけ先に太陽をみる
netで話すとリアルタイムで返事が返ってくる
三十分未来の人から
むこうからみたらわたしは
三十分過去の人で
夜更けを走る三十分のサイレン
ふいに響いたりして
あれっいま太陽の前を走っているのは
どっちだったっけ？
ってなるときがある

ピストルはもう鳴っていたはずなのに
憶えていない
そもそもピストルを持っているのはわたしたちで

銃口は空を撃ち落とすためだったんじゃないか？
ってことになる

飛んでゆく　本を撃ち落とすと
中身が弾け　紐が飛び出す
各国の旗が
ばらばらと　下降線をえがいて
わたされたロープのさきに
青を横切る
運動会？
もういちど　銃声が響き
こんどは人が　飛び出してくる

キリトリ線いくつも引かれていく空に
めくられるわたしたちの休日

It's fine today

マイクにむかってテストをしてみる
青く染められた定型文の
一節をもってまちあわせをする
天気予報の指示棒が　違う場所をしめしても
今日は晴れ
今日は晴れです

キリトリ線のない空間を
たとえば空、とするなら
そこでおしゃべりをはじめるわたしたちは
もはや鳥、と呼べなくもなく

飛んでゆけ
飛んでゆけ、空

世界の果ての国へ
うちおとせ
うちおとせ
ばらばらと
落ちてくる頁が
はねのようにふりつもり
それを食むわたしたちの
背に銃口がむけられても
A fine day
It's a fine day today

わたしたちはやめない
しゃべりつづけることを
今日は晴れ
今日は晴れです

Funny Bone
ファニーボーン

たとえばあなたの肘の付け根にうずくまる
丸く小さな骨ほどの　はるかなとおい季節です

窓へ　あかるい標本としてのそれを　椅子の上に置いて　写
真に撮ってもいいですか　庭じゅうからあつめた花たちで
（たいていは枯れているけれど）　うずめて　漂着物として
取り扱う　手袋を嵌めて　（届かないけれど）　レンズを回す
なら　右手と右手が触れるところをみたいよ　短針と長針と
秒針の鍵編み　細いロープが手から零れて　わたしたちそれ
をめじるしにして　かえってこられる　旅にでられる　低く
いななくとうめいな馬　あおいこころのかぼそい手綱

海へ　暮れてゆく夏の終わりに　うすあおい空たちが　剥がれて　打ち寄せてくる　しずかに　音は燐光をなして砕ける生き物の死骸でできた砂　湿った風　塩を含んだ熱を吐くのは　歩いているいきものだけだ

「ちきゅうがまるいとしったときから、さかさまに歩いているみたいなきぶんです。反対側にもうひとつのからだがあって、そっちがほんもので、じぶんはにせものなんじゃないかっておもうときがあります。だからその、反対側のそいつに出会ったら、さいごだとおもうんです。それなのにからだは勝手に成長していくんです。細胞は増殖して、分裂して、このままいったら今日明日にでも、ちきゅうのうらがわとつながってしまう。どうしたらいいんでしょう。わたし、どうしたらいいんだとおもいますか。」

すこし離れたところで　男が携帯電話に向かって話しつづけている　プラットホーム　まばらな客　一体だれと話してい

るのか　アナウンス　ベル　電車がきて　ドアが開く　足をすすめる車内はあかるい　もういちどベル　電車が動く　閉まったドアの向こう側で　男がゆっくりと遠ざかる　ホームに立って　携帯電話を耳にあてたまま　乗らなかった　男は電話の向こうとつながっている

そして旧市街へ　ビルの群落　空調のホースが壁面をつたう石に継がれた樹木が礫になっている　石化している　なにもかもだ　なにもかもです　ひとは歩いている　増殖をつづける新市街には　あたらしい虫や植物たちがはびこる　鉄のアルミの　プラスチックの　あたらしい神経網が　電線のように伸びてきみの手を捕らえる

ファニーボーン　寝静まった地層の町を　路面に描かれた無数のゼブラが　駆け上がり走りぬける　そのなかにあって

わたしたちは骨そのものだ　あかるくはるかに砕けて剝がれ
る　まばたきほどのよわい季節だ　排出された貝殻の町に
宿る信号　その冷たい漂着物を　燃やして　燃やして　ひと
つのちいさな楔にしよう　手綱をとって　ファニーボーン
あなたの肘に　あおく光る留め具をともす

Family of Sunset

サーモン親子丼

埠頭をうろつく
夕暮れ
造船所の向こうに無色の太陽が
たいらかに　熟れてふくらむ
皆そちらをみている
数えきれない色彩の渦に
浸されて　風が与えるのは
海
西を向いた　港を持つ町

埠頭に座って
割り箸を割る

サーモン親子丼
半額シールの貼られた蓋をとって
食べる
絶対親子じゃない
この液体は
まだ身になっていないから
サーモン
とは呼べない
イクラを舌の上で潰すと
紫蘇の匂いがして
半透明の膜が割れた
うすくれないのからだが滴り
わたしのしたの
石のぬるみに
気づくとき

あたためられて
浸されていた
こどもだった
中身がかたちを
なしてなくても
みんな夕日の
こどもだった

Chapter 2

虹の話

I remember the rainbow of the night whenever
I play the diamond-head diamond-head diamond
on the head record

ダイヤモンド・ヘッド
ダイヤモンド・ヘッド
ダイヤモンド・ヘッド
レコードに針落とすたび思いだす　夜に出るという虹の話

Let's Have a Soda Water
白熊と炭酸水

地上から白熊が、かんぜんにいなくなる日が来ても、きみのことは忘れないよ。切り離された氷河の上に、優雅に寝そべって、流されてゆく海をみていた。濡れたからだを、擦過する風の手、青さの体積。降りそそいだ雪のすべてが、空気をはらんで、白、白、白を記銘してゆく。泡のようだね。いつしか深い眠りに落ちて、忘れ去られた時間の粒が、微かな音をたてて、融解して、混じりあう。あばかれる骨と音階。その仄あかるい色彩を、明け方とはいわず、夕暮れと呼ばないで、ただ太陽、とだけ呼びとめ、心中していく。くるまれている。ほかのひとのこころには、かえることはできないのだから、どんな離れた海からだって、応答を返すことはできる筈だよ。きみの席をつくろう。たとえば、凍える真冬の動物園で、人間より動物のほうが数が多い、なんていいながら、人間のほうの見本として、ひたすら回遊したことがあった。そして寒さに震えながら、すこし濡れた椅子に座って、それでも炭酸水を飲んでいる。向こうで白熊が大きなあくびをして、白熊にとってはいい天気にちがいない、なんていいながら、きみが白熊に近づいて、ふいに手が滑って、炭酸水の瓶が落ちる。白い泡が広がって、微かに音がしたはずだけど、ちっとも聞こえなかったよ。でも確かに時間の粒たちを、僕らは一緒に吸い込んだんだ。僕と、きみと、白熊と。足元に広がった、ちいさな泡の砦のなかで。そのことが遠ざかって、もう誰も思い出さないぐらい、なだらかに時間の地層のなかに、染み込んでいってしまっても、真冬、また時間が揮発するときに、僕は、きみの座った椅子を前に、きょうは人間にとっていい天気にちがいない、なんていいながら、きみのことを思い出している。白熊はもうここにはいないよ。

いつか夜がやってきて、僕の住む町を、北極星が横切るときに、白、と指差す、大熊座のひとつの座席に、心臓みたいにひっかかっている、それを真冬、と呼びとめるから、マフラーのすきまから吐き出した、息みたいに、やわらかいまま、ほどけて、降りそそいでゆく、空に、きみの、生きているあいだ、熱を静かに記銘してゆく、白、白をめじるしにして、何にもない、空の底で、真冬、また一緒に炭酸水を飲もうよ。

Crown
王冠

新しい雪のなかには
新しい水が眠っている
そのかざりを
わたしにください

血脈のように立つ
木々は風の冷たさに黙し
黒い衣を落としたまま
間違いだとは言わないでいる
そこに生えたことを
身を切る風にさらされることを
間違いだとは言わないでいる

うまれた家の軒下に転がる石のようにさみしい
あなたはわたしの
家族ですか

さみしかった。たったひとりで、落ちてゆく星なのだとおもった。突風のなか、路面に肩がついて、あ、というあいだに、ちりぢりになってゆく。そういった記念写真のなかで、断面としてさしだすことしかできない、横顔とかペン先を、回路としてきみにおくる。

靴についてきた砂粒を、机の上に並べてみた。すべてが破片だったから、まるくて、すこしずつとがっていた。出自を尋ね、また、答える。いつかみた更新世《こうしんせい》の、氷河時代の、名残なのだと、欠けた部分を示して、言った。きみのてのひらの骨と、水かきの消えた部分に、残されず剝落してゆく、ねえそれが記憶と言うの、残ったほうが、それとも、通り過ぎてゆくほうが。

靴音をみおくる。硬さの違う光の加減。古い公団住宅の屋上で、細い柵を握りしめる。時計の針が動き、暦をひらく。数字とか計算が、たちのぼってわたしたちを取り囲む。ひとつの正しさのなかで、ひとつの月が翳り、億に散る星々の、わずかなひかりが届く。わたしのからだは発光して、答えをかえす。手をみて。それから鎖骨。細く伸びた化石のあいだを、今日の水が渡ってゆく。

右目を覆った手をほどいたら、いつのまにか濡れていた。赤い月が地面に横たわっている。同じ道行きなのだった。広がる夜を呼吸しながら、しずけさのなか、耳につよい風がふいている。太陽の位置に逆らって電話をかけつづけているせいだった。受話器のなかに気流が舞って、もうばらばらになりそうなのに、奇妙に静かなのだ。それはたぶん、こっちの夜とむこうの昼が混ざりあって、光の具合が透明になっているのだ。わたしたちのゆびもあしもすきとおって、靴音だけが会話をする、そういう台風の目のような、時差と重力を薄くしたところ、そんなところにいるのだ。だからわたしは時計をなくした、過去の、未来の幽霊です。

さまざまの年代の光をいっさんに受けながら、わたしたちのからだのところどころが、さまざまに応答している。太陽と月は鏡になって、ひとつに混じろうとしている。肌に触れない、暴風を耳にかかえたまま、わたしたちは電話をかけつづける。ひとつの夜に。そして、同じ朝に。欠けた部分をおくりかえす。さみしさの呼び声。ふりそそぐ重さのなかで、未記銘の信号が、耳のおくに点滅していく。

Nakasu
中洲

温めたり、冷やしたりしてお使いください
と
書いてあるうすいビニールに密封された
おしぼりが
座席にあって
不織布
たいらかな手で
ポケットにいれたまま
あとにした居酒屋

*

運河と名づけられた街がそびえる城の
汚れた油を流し続ける水の

脈打つすべらかな面にひらかれていく
夜が
ふゆのかおをして
フェイクファーでふちどられた上着を
かぶせてゆくから
すこしこそばゆい　はだ
みみにふれる　しろい
あかるみ

さみしく
枝をはなれていく水たちのむこうに
海に向かって立つきりんが
手を振っている／よ

網目もようの

きりんの背を滑る
わたしたちは　冬の踊り子

*

せかいさいこうすいじゅんの
携帯電話は店頭で売られる
せいかくには
年間契約で貸し出される
財布のなかみは
かりものなんだって
しってた？
できるだけべんりに
つかって
かしこく
スマートな

たんまつに
なる
きみに
もんだいをあたえつづけたい
わけじゃない
ぼくは
とうめいな
いとのさきを
もったまま
あるきたい
ひっぱられたら
わかる
し
きったって
いい

（けどもう
符号のいくつか
刻印してしまった
から
だ
よわすぎて
へんじをしないことのほうが
むつかしい
いとのさきが
おもい
と
せんこうはなびみたいな
いっしゅんで
きえてしまうのではないかって

いつも　かんえがて　いる　とめういな　かお　をして
かりもの　の　たまんつ　の　まっねこ　スパイ　の
ひみつ　つしうん
へしんん　は　かっえて　きても　かっえて　こくなても
いい　*#　ひごとみ　を　すぬりけて　すちれがう　とき
みぎ　か　ひだり　で　ちうょしょく　の　ゆたでまご
みたいに　われて　あ　みぎ　だたっね　きみ　って
わかる　くいらの　はんぶん

舌にふれる塩がしょっぱいたいよう

*

きれぎれのみずがうちよせていくここはまだ海ではないです
ふねのかたちでくしざしの島　ライト　ライト　ライト！

＊

なみおと
ながしつづけて街のうちがわで
黒くうるおっていくはだ
みっぷうされた
しめりけ／あります

いとをつたってながれる　ここはもう陸ではないです
織り合わされない一枚が
ゆびをもとめてたなびいている
燃える水のうえ

Chapter 3

合唱

As you move ahead you'll see such as
An endless railway where comets fall perpetually
A burning forest of signifieds
And thousands gates of sorrow and bliss

暁の無線機に口笛は呼応する
開かれてゆくさよなら
この星の昼と夜とは溶け合って
一本のナイフがきみのために光る

The Shooter in the Dawn
明け方の狙撃手

海辺にいた。うす曇りの。波たちがぼんやりと緑色を投げ返している。雲も空もみわけがつかない、すこし鼻にかかった発音。あかるい灰色だ。防波のために組まれた突堤の前で、ねずみが一匹、くるくると手で顔を洗っている。猫が顔を洗うと雨って言うけどおまえはねずみなんだね。くもり空が似合ってる。船が沈むときねずみはいなくなるらしいけど、あれはいったいどこに逃げるんだろう。海のまんなかに飛びこんで、泳ぐんだろうか。それとも板切れにでもつかまって、漂流を始めるんだろうか。どこへいくの、どこからきたの。平明な問いは、光量の多すぎる写真のように意味をもたない。難破船はみつからない。明け方に奪われた色たちのなかで、黒いひとみが海をうつしている。

フラットな街を駆け出す。自家用車で高速道路を飛ばしてぜんぜんしらない場所へ出る。そんな巧妙なやりかたで、話し出すのをやめてほしい。言うまでもなくこの世界はワンダーランドで、何かについていったが最後どんなに遠いところまで辿りついてしまうかわからない。だから目の前をとおりすぎるウサギのことは、可能な限り黙殺する。でなけりゃ、狩猟民族になるか、鏡のなかをさまようおいぼれ騎士になるしかないって、そういう話を聞いたことがある？　もちろんなくたって、ぜんぜんかまわない。今から話し始めるよ。木の上で笑いながら消えていく、おしゃべりのふとった猫みたいに。からだがどんどんおおきくなって、わたしたちすっかりもてあましてる。ワイルドフラワー、ワイルドベリー、車窓につぎつぎ流れていく、色彩たちの区切りかた。代をかさねた帰化植物だけが、失われた言語を保ってる。車内をみたす音楽は、録音されたときのまま、夏の日のことをうたってる。船着場を離れた一艘のボート。よく晴れたある一日。絶滅した飛べない鳥。かつてふたごだったゆで卵を食べたら、この国の流儀がすこしはわかる。

地下鉄が機械化されて、切符切りたちは失業した。彼らは今どこにいるんだろう。あたたかなマイアミで、のんびり過ごしているんだろうか。それともあたらしい職業を――たとえばドーナツの穴あけ係、あるいは井戸掘り、鉱夫、ピアスをあける専門医、かなんかを、みつけて働いているんだろうか。リラの花の咲く、春にも、はなうたなんかを歌いながら、あかるい利き手でリズムをとる、くもり空を叩いていく、そんな歌が今は聞きたい。

切符を祭壇にささげて。いちばん神聖なばしょ、と決めている本棚の上に。何もかもが入っているちいさい箱のなかに。紙切れに書かれた地名によって再生する、装置として出現する、どこにもない国があって、わたしたちその国境付近を、ぐるぐるぐるぐるまわっている（バターになっちゃう！）。虎狩りの弓を引け！　音楽はまだ鳴りやまない。りんかくだけの楽器のなかから、ながめる景色はみんな野生で、好き勝手に手をつないだり離したりしている。移動しつづけることでからだは音楽になるんだろう、そしてすっかり黄金いろの、液体みたいな太陽といっしょに、はてなく溶けてしまうんだろう。ハニー、蜜蜂たちはまだ飛んでいるか。どうかそれを教えてほしい。いつか証言台に立つときがきたら、胸に手を当てて告白する。赤いペンキを、ばらに塗ったのはわたし。電車のこない地下鉄の駅で、ふるい切符を切りつづけている。もう沈没した船がついて、岸を離れる。りんかくだけがのこっているから、心臓のままに鳴りつづける。あかるく、しろく、すべての色が失われても、しゃべりつづけるのをやめないでほしい。尻尾を上げろ、ちいさなねずみ。明け方の狙撃手。きみがあけた、ほんのすこしのまるい夜空は、せかいじゅうで誰も知らない。

Whole
ホール

投げつけた
声のうち
鋭さの　一方は向けられていた
じぶんの耳に
深々とうるんで

電話機の横
壁に留められた小さな紙を
剝ぎ取っていく
福岡
東京
茨城
サンディエゴ

ロンドン
アデレード
ベルン
台北
日本人学校の
土曜日
フェアウェルの友達へ渡すカードに
十二単を色鉛筆で書いた
あの子の名前を思い出せない
アイラブチョコレート
跳ねる語尾に雨の匂いが混じる

今夜　靴を移植する
僕もまた吸い込まれる
事象の地平面

電話機の穴にも誰何されない
ブラックホール間際では
物質は停止して見える
書かれた住所は筆跡でしかない

持って行けない鉢植えを　抱えて
呼び鈴を鳴らしたとき
柔らかな発音を　留める
針を求めた
きみの耳たぶに
そっと触れる
山茶花
もうここにしか生きていない
なつかしい物語を
嗅ぐように

The Time Box and the Memory Camera

記憶カメラと時の箱

うすあおくなったダンボールの上に、しずかに朝がやってくるから、いま目をひらいて、起きてもいいですか。何もかもが包まれ、蓋をされた荷物たちを、全部他人のもののように積み上げながら、よそよそしい部屋のなか、細い壁にまもられている。箱に開いた窓のほうを、どうしても見てしまうから、ゆるすとかゆるされるとかでなく、ほどけてゆく手みたいに、はぐれてゆきたい。とどまっていたい。とどまりながら流れてゆきたい。その距離を正確に測りとりたい。夜のあかるさに目をしかめながら、時間ごとに写真を撮っています。開け放ったガラス戸のむこう、赤い躑躅《つつじ》が揺れていて。

ドアを閉めても流れ込んでくる時間を、たとえば素粒子とか、色づけする霧として、そのカラーチャートを並べています。どの写真だった？　何十分前の。何時間前の？　どの部屋に住んでいた？　たとえば質問する。その一列に聞いてみる。窓の反対側から写真を撮る。そのために外へ出る。住んでいた部屋をワンフロアに並べて、順番に入ってみる。こんにちは、お邪魔します。荷はすべてほどかれてくつろいだまま。本棚。テーブル。椅子とぬいぐるみ。とうめいな影と目が合う。気配だけが残る。列のおしまいに並んだ部屋で、物たちは気配だけが残る。梱包され、おりたたまれ、すっきりしたすべての箱に、いままで知り合った人たちの名前を書いて送ってしまう。

記憶だけが頼りだ。重さを与え続ける時間のなかで、質量をもたないものだけが中身なのだから。あなたは言った。たとえば光だとして。中身がすべて光だとして、わたしたちそれを閉じ込めておける？　うすい箱に手をかけながら、どんなもので封をしたら、ぜったい開かない暗号になるんだろう。暗号は影なのだから、影踏みをしていけばあかるい部分にたどりつくんじゃないか。そんなことを答えながら、ほんとうは、閉じ込めてなどおきたくないとおもっていた。ぜんぜんちがう。あなたの名前を、からだじゅうに書いたいろんな人の名前とか宛先のほうを、伸びてくる爪みたいに切り落としながら、いきているのに。質量をもたないその中身を、たとえばだれかにさしだしたとして、どうやればいいその方法を、暗い部屋、渦巻く感光剤の、霧の充満するその箱のなかで、考えていた。切り続けるシャッター、まばたき、まばたき。

わたしはあなたになにも期待していないから、自由なんだね。光みたいに。さむくもないし。あおいプール。どうせ地球から出られないんだから、はたらきなよ、土のなかの骨みたいに。そんなふうに嘯く。霧を渡る粒子の群れ。壁を透過していく記憶。もう一方のからだは重いので、いつも壁に弾かれる。重力とじゃんけんをして、負け続けているんだ。

手があって、手がなくて、耳があって、耳がなくて、憶えていて、なくしていて、壁のむこう、でもあった、小さな拍手が、聞こえていたよ。

いつか、黒くひらかれた枠のなか、いちどにくる朝が、いっぺんに消してしまう、星々。星々。忘れてないよ。忘れていない。いま、ひとつの箱のなかに、何もかもを閉じ込めて、宛名は空欄にしておくね。小さい穴をひとつ空ける。だから息はできるはずだし、できるだけとおくまでいって、とどくまでの道のりや、歩いていた犬のこと、ずっと写し続けるから、ぜんぶかさなる影のこと、あけなくてもいいから、でももしあなたの手が、あけたら、そのときまぶしくて、ぜんぶあわさって感光している、そんな光を証明したい。

Chapter 4

道行き

A final stop was long gone and
You know nothing what will be beyond
As if you are dreaming
As if you are holding on
Something akin to beautiness

橋脚を潜るたび照らされる
遠い肌　車窓は
さざなみのように光り
一つの席に座って　声は
届くところにあった

Growing Phantom Limbs
幻肢、伸びてゆく手足

塩が撒かれたはじめてのよる　わたしたちは眠れなかった　さざなみ
さざなみ　耳と耳をくっつけて話した　何かあることの堰を超えて　水は
あふれつづけた　喉で鉄が鳴っているんだ　つめたく　歯は　かじかみ

ちいさな箱に光をとおして　粒子は集められた　集約するひとみにかかる
負荷は大きかった　太陽を直視する黒点を　数えているうちに熔け始める
優秀な飴細工職人を　募集　ものみな手をあげたが　星は流れてしまった

ほつほつ　草の穂を拾い　道をたどる自転車の　轍の跡を泥がゆく
ぎしぎし　赤くなるころは　手に汁を嗅ぎ　酸い味蕾

感度のよすぎるセンサーを持っていたので　壊れてしまった　男は言い
投げ捨てた　さしだされる舌　やわらかく　あつい　朝だった　水平に
ひらかれる地面には　何もかもが散乱していた　本も車もベビーカーも
下着もサランラップも何もかもが野に放たれていた　五つの臓器と六つ
の腑　五つの臓器と六つの腑　走るしかなかった　桜が咲いて散り　燕
が戻ってきた　おまえも　ちいさな太陽をのみこんでしまったのかい

土地が磁力のように踵をひきよせた　地名は境界とともに拡散してしま
ったのに　記憶の町を歩く　わたしたちは雨を恐れながら　歩くしかな
い　名前に血がかよっているように　町は身体の一部で　断ち切ること
ができない　何度もてのひらを当てては　確かめる　かつての時刻表を
来る筈の列車を　木片を寄せ添え木をする　レールの沈んだ駅名表示を
ぬぐう　わたしの遠い手　幻肢　伸びてゆくいたみとともに　六月の
あかるい空に横たわる

A Day I Burnt a Forest
森を焼く日

背中から、溢れて
這い出てくるものがある
夏の、灰と影の濃い日に
うすあおくたちのぼる白煙のつよさに
ひとしくまぶたを灼かれながら
伏せられた日傘のしたに
濡れてゆく花があること
消えてしまう蔦草の
ぬるみや深み
いつかてのひらでかたどった
ちいさな魚さえもが
おまえの肌と骨でつくられていたことを

憶えている
森を焼く日
傾いてゆく光の只中に
わたしたちはいた

Cloth
布を抱く

皮膚の下には時間があるのです　わたし　さくらのひとひら　八重桜の咲いた公園でビールを飲んでいました　夜で外灯が点いていました　いえその外灯さえもが桜の色で冬の名残の冷たい風にあやしくあやしくあかりを揺らめかせていたのです　紺のいちばん濃いところにあるのは星でした　街のネオンにも負けないその星がほんの数センチ動くだけの間ビールを飲んでいたのです　炭酸は星でした　喉を滑るときぱちぱちと音がしました　その音はビールを飲み終えた今も耳元で聞こえるようです

＊

時間は充満しすこしずつ移動しているようです　わたし　鳥でした　ピアノを弾く人をみていたのです　森の瀬戸際の明るい場所でした　木々がそこだけ光を用意してくれたようでした　男の人がピアノを弾いていました　黒い

ピアノでした　つやつやとした表面に空がうつって水のようにみえました
音階ははじめとぎれとぎれに　ためすように落ちてきました　近くの木の葉
がその一粒を受けてはじくのにこたえて音は大きくなりました　旋律はさな
がらやさしい散弾銃のようでした　枯れ枝の上にも虫の屍骸の上にもその雨
は降り　わたしたちはダンスしました　すべての空洞を持つものに音は響く
のでした　頭上にあるのは　空　空　空です　その天蓋を貫くように一羽の
鳥がまっすぐに飛んできました　そしてひとこえギイ、と鳴いたのです

＊

目の前にはみたことのあるひとがいました　よく知っているひとでした　ひ
とのという字はなにか腰掛けているような気がしませんか　腰掛けている
ならやはりひ　なのでしょうか　わたし　時間をくるんだ布でした　燃やさ
れた香のたちあがる煙が抱く　布でした　目の前のひとになつかしい匂いを
嗅いで　星を銃声を燃やし　ち、ち、ちいさく、ひ、さしだされた投火で白
い頬をゆする　ただ　一枚の　布でした

Back of Blue
あおのせなか

いつか太陽がしんだら、あおむしはどうする？　そんな質問をなんども、かさねあわせながら、夜がねむっていく。あおむしの青はブルーで、草原はグリーン。視界はクリア。みはらしのよいけしき。

蟬の声が季節を分断して、屹立している。夏っていう不毛地帯に、放り込まれている。歩きながら。地面から垂直に伸びてくる、ほそい関節が、あおい枝にとまって、抜け殻のうえで。ないている。そこを歩いている。音をききながら。砂利を踏みながら。まだいきている。うごいている。くうどうで、みえない、重力のありようを、半袖の腕に刻ませながら。

みどりいろの目をした翼竜は、脊椎動物のなかでいちばんはじめに空をとんだ。地面にいるものたちと分かれて。仲間はずれのまま。そしてたいようがしんだとき、墜落して、みんないっしょにぜつめつした。その目がひらいて、とじるとき、けしきはにどあかくうるんだろう。わたしはそのどちらもしらない。ここはあお　いうみ　の　まんなかで　まだみえない朝と夜とのさかいめ。ねむるねむるちへいせん。

きょくせんをえがいて
坂道はつづいている
グリーンがブルーになり
重力
信号機はおちこむ
歩道橋の上から遠くにみえるマンションの
窓辺に吊るされている布に

海
という映像
真昼
風が吹いてきて
波が崩れていく
また吹いてきて
崩れる
歩きながら近づいて
崩れ
ある一点を境にして
それらすべて光の具合
ということを知る
布にうつるたいよう
がいたくて
うるむちへいせん

窓の下に立てば
海はなく
映像が
あかく欠損した
ゆうぐれのリプレイ
割れる背中がいたいのか、蝉

階段をのぼり
建物のなかにはいると
目の前がみどりいろになった

リリー、きみの偏光スペクトラムから、局地的なひかりは延びて、わたしたちは虹をつくったね。僕はいまでもその一端が、手のひらにあるような気がして仕方がないんだ。たとえば朝、バスの日除けを通過していくまだらのひかりを、海、と感じるとき、走り去ってきた町々にたゆたう、波からの反射が、ジュラルミンの速度で伸びて、ボサノヴァみたいに、ほどけたまま、追いついてくる。低い発語が、根ざすものに支えられてさ、羊雲が町を覆って、探さないでいい、っていっている。それはほんとうだろうか。いっそこの町のほうがいま、羊のすがたをして、さまよっているのかもしれない。

川原の不法占拠地帯に隆盛を誇る、苦瓜の花が、丘のように広がって、クリムト的だねっていいあった、色と色とのあいまで、揺れている。混濁したひかり。あらゆる畏怖や、怯懦が、無冠のままで、潤ってゆく、そんな季節だ。

隠された心臓が赤く、脈打っているのを、草いきれのなかで聞いた。蠍たち、出てきてもいいよ。夏の座標が傾いて、ぬかるむ真昼。おいで、きみたちの正餐だ。

ポケットを探ったら、ダックワーズのかけらが出てきた。饒舌な鸚鵡が、繰り返す、Nevermore 砂でできた胸像に、アーモンドを投げつけてさ、きみのことを考えていたんだ。リリー、雨が降っていたとおもう。カーテンが厚ぼったく、部屋を船底のようにしていた。数字を繰り返すことをやめて、文字盤の上で、小さな声で歌ったんだ。手回し式の信号機さ。紙に穴が空いていて、空気がふるえる。空いてないとふるえないんだ。そのことを思いながら、牧童のようにはできない、口笛を吹いた。Nevermore 浸水してゆく部屋の浮力で、戸が開いて、そういえば内側からだった、飛び出したときは、空はもう、おおきな縄跳びをはじめてた。虹だった。羊だったよ。どんな船が沈んでも、笑ってしまうぐらいの変わらなさで、かたよるひかりがそこにあったよ。

Chapter 5

燃える蛇たち

Then I hear bell rings from icecream vendor
And awake from a dream
If we see lights everywhere we are
We must be darkness itself
If life is a journey itself
It must be brightful one

すべては流れているの？　空に留め置かれた
物語も　記憶も　一枚のシャツも
はためくままとどまることはない
銀河も

Hundreds of Them, Thousands of Them

白群《びゃくぐん》

夜の貨物列車に　乗っていたのです　わたし　ひとりでした　ひとけのない操車場で　波打つ車体の取っ手をつかみ　ペンキの剥げかけたポールをまわして　おもく　とびらをあけてみたのです　手にしみのように錆び　こぼれていました　靴がカタカタと鳴るのをとめられないで　雪と風といっしょに　転がり　耳のなかに沸騰する　ふゆの唸りを遮りました

列車のなかに鳥がいました　胸ほどもある石像でした　鳥といわず馬といわず　オオカミとキツネもすわっていました　皆灰色で　無音でした　なでつけられた毛はくっきりと　空気のあとをのこしています　列車の内部は木で　ベニヤみたいな　あまいにおいがしてわたしも床に座り込みました

それは続いてゆく貨物列車の　最後の車両だったのです　ハンプ人工の丘から　仕分け線にそって転がりおちる車輪の上に　わたしすわっていたのです　ひとつの窓なく　席なく　ちいさな箱　ひらっきぱなしの鉄の扉が　ゆらゆらとゆれ　ゆれているせかいはよるいっぴきの黒猫が　石像の間から滲み出て　わたしの横に座りました　猫のなまえはよる　南へと疾走してゆく　コンクリートのアーチを川といっしょにはねながら　伸ばされてゆくよるでした　レストランやなんかのあかり　むこうの山の漆黒が　だんだん遠ざかって　よるの輪郭はいっそう深く　耳は鋭く鳴るのでした

緯度を薄く削ったところ　光る蟻塚のひとつひとつを数えながらうしろすがただけしかみえない街をみ　とぎれさせていた電信をぽつ　ぽつ　と打ちながら　親指で　その小さな液晶画面を　ぽつわたしはそっとおくりだしたのでした　街や川にながされ　ぽつぽつと　生活部の層を積みあげたり　手入れされない裏庭を掘り起

こしたり　そこに埋まった茶碗の欠片にわずかな花模様を読み取っ
たり　そういったことが　まるで図書館で借りた物語のように　三
巻と五巻のあいだで借りっぱなしの一冊のように　延滞の督促とい
っしょに　机のなかにしまってあるのです

だからのびてゆく　線路のむこうに糸をひき　夜をしずかに閉じた
のなら　遠ざかる街にも　書架の空欄ぶんのスペースが残されて
それはしろい凧のように　遠ざかるごとに高くのぼり　ぴんとした
糸の張りが　からの椅子を指につたえる　そんなちいさな建物に
ぽつ　ぽつ　と雨を降らせながら　よるとわたしはゆれていました
（このへやでひとつの　動物園になっても　いい　かもしれない
はいいろおおかみはぜつめつした／博物館になったら　脱走した
あしあとだけがてんじされるのか？）

Re:

部屋の電話が鳴っていました
Re:
とうめいなあしあとでした（みみのなかでは
Re: Re:
机のなかの　書架のうえの　空の椅子の　よるといっしょのわたし
にむけて
点滅が矢のように伸びていました
わたしは電信を声に出して読み
よるの喉をなでました
震動が指に伝わってきて
雨が降っていることを知りました
この箱も雨に埋もれてゆくのでしょうが
まだ鳴っています
朝には動物たちと
一緒に出てゆこうとおもいます

Musica
音楽

えいえんはくりかえすあお　天と地がオクターヴだから（僕らは音楽

もうひとつの空が空をささえている　骨たち　グラスファイバーの
雫につらなる　音を弾いた（中心が（胸のすこし下で（うずくまって
（ゆくさきをしらない記号みたいに（揺れていた（気弱な肩とか（す
ぐについえてしまいそうな野望　をかかえて　触れてみたり手をひっ
こめたり忙しい　傘たち傘たち　色にすいこまれていくよ　落下する
無音が空を叩いて（やめてほしい（鳴るしかない（骨が礫にされたま
ま移動していく（肉とかは（いっそ（なくてよかったのに（まとわり
ついて消えない（鳴るしかない（骨は骨（指はけっきょく指を摑んだ

くりかえすあおが重なる水平線ウィンクしてる　聞いて、ムジカ教会の尖塔を舐めていく夕日がいつまでも残って天蓋のなかはさまざまの色で溢れるのでした　床面のモザイクに張り巡らされた文字から夜がにじみだしてきて　かつて響いた少年合唱の　歌声たちがざわめいているのでした　窓は全て光越しで（守られて（閉じ込められて（ゆく扉は開け放たれている（音楽は属さない（とどまるだけ（いっしょに（すすみつづけるだけ

まるくなるト音記号のねじねじをやさしく貫く飴をください

音楽　くりかえすまま　残響が残る皮膚とかの　内側がうるさくて氷みたい　グラスのなかでふれあわせたら　三十七度ぐらいの微熱成分が　呪ったり呪われたりで忙しい　指揮者不在のため各自で演奏しております　傷ついた右手のための氷ですので邪険にしないよう　刺したのは指揮棒です　骨でした　音でした　左手が掴んでいました　いまは全てグラスのなかです　右手も　左手も　指揮棒も　それからほ

どけたきずあとも　耳がふたつ　あいていますから漏れることもある
でしょう　窓辺に置けば向こう側が透けることもあるでしょう　それ
でも音楽は鳴り止まないでしょう　うつわのなかで　(すこしだけひら
かれて　(落下しつづけるあお　で

じゃあここで　フェルマータ　ね　夕日の国できょうがはじまる

鐘楼の下で正午の光に晒されながらさまざまな色が背中を丸めている。猫だ。背中たちは礎石の上毛羽立ったままふくらみを揺らしている。鳥だ。植え込みの向こうに赤く塗られたポストが立っている。ポストのなかは閉ざされて文字たちが眠っている。うれしいくるしいたのしいかなしい。封がなされている。四角い外側にプレートが掲げられている。太陽が真上に来る。鐘が鳴る。袋をもった人が来て鍵を開く。さまざまな色を投げ入れる。一斉に投げ入れる。頭から投げ入れる。いたいらくくちんごくらくごくらく。扉には取り集め時刻が書かれている。取り集めを避けた猫がゆっくりと去る。羽撃き。鐘楼の下にはもう誰もいない。

広く命令が行き渡ったとき鐘は持ち出されその代替として石が吊るされた。鳴ったのか。

鈍い音を閉じ込め山々はそれを吸い込んだ。緑に苔むして既に吊るされてはいない木々。

歩いてゆく移動した草と枯れた樹木のあいだにまだ湧いている水辺があってルリビタキが細い足を浸している。水を移動させているさえずるひかり。ルリビタキは青い鳥です。ルリは瑠璃です。瑪瑙は石です。瑠璃と瑪瑙の間にある四角を埋めよ。梅よ。ほんとうに？　うめよ。産め。うめは丸い花です。石臼はゆっくり引きます。マドンナは微笑むだけです。マドンナブルーは毒薬に近い配置です。マドンナ、ブルー。プルシアンブルー、ウルトラマリン。海を越えて、紺青。

燃えるゴミ袋に布団をつめた女性が宅配便の人に声をかける。送れますか。越えてゆけば無効となるのだからなかったのだ不都合は燃えるまで燃やされるまでに届けばよかったよ文字につつまれた眠りに新しい宛名を記載してラベルを貼付する必要な幕につつんだ強靭な膜であればよかったまちの範囲をすりぬけるための。

運搬者の手によって貼付される袋に燃やされる燃やされない文字を書き込んだ手で書いた読めますか赤ですかまもられていますか聞こえますか鳴りますか声でしたか着地地点を示すための。
あなたの眠りを数えなさい。浅い呼吸をたゆたうための。

石でした鐘でした緑青の浮く鐘楼の中央に吊るされていなければ崩れてしまうのでした。獅子たちの口腔は朱に塗られているのでした。時刻を告げるとき石でした、鐘でしたか、浮いていました。緑青は時間の析出です。流れるとき火の尾は隔たりです。越境する赤い帳です。書かれていました。閉ざしています。微笑んでいます。さえずるひかり。

ウルトラマリンの火球となって擦過するときおまえは閃光だろう。
半透明な時刻。閉じ込められて息ができない。袋のなかで。目をひらいていっぱいの青が滴る。そのとき。その皮膜の、名前を奪われた、支払われた対価の、燃え尽きた先でおまえにねむりをおくる。聞こえますか、声でしたか、

ねむりをおくる、わたしはもえる、おまえにおくる、

そして
もういちど渦巻きがはじまって
わたしたちは目撃する
みじかいひかりを

石や木や草や
わたしたちを取り巻くすべてのものが
時間とともにそこにあるなら
おしゃべりはやむことがない
大きく蛇行しながら流れ続ける
ぽかんと広い川みたいに

泥を跳ね水面に伸び上がる
いっぴきの透明な海老みたいに
誰も住まなくなった町を
落書きと名づけて
駆けてゆく裸の足は
音を残さずに
擦過する　沈黙を
発火する　いくつもの
声たちを引き連れて
一本の針のように
ふるえながら鳴り続ける
今日　喉を滑り落ちてゆく
一粒の　つめたい朝のひとかけらと

References

Brian W. Kernighan & Dennis M. Ritchie (1978). *The C Programming Language*, Englewood Cliffs, NJ : Prentice Hall

Charles Thomson Rees Wilson (1897). *Cloud Chamber*, Cambridge

Lewis Carroll (1864). *Alice's Adventures Under Ground*, Oxford : A private edition

Lewis Carroll (1865). *Alice's Adventures in Wonderland*, London : Macmillan Publishers

Lewis Carroll (1871). *Through the Looking-Glass, and What Alice Found There*, London : Macmillan Publishers

Serge Gainsbourg (1958). *Le Poinconneur des Lilas*, Paris

Helen Bannerman (1899). *The Story of Little Black Sambo*, London : Grant Richards

Kenji Miyazawa (1934). *Gauche the Cellist*, Japan

Victor Erice Aras (1973). *El Espiritu de la colmena*, Espana durante el regimen de Franco

Atsuo Saito (1982). *The Adventurers : Gamba and His 15 Fellows*, Tokyo : Iwanami Shoten

Edgar Allan Poe (1945). *The Raven*, New York City : New York Mirror

Toshio Ozawa (ed.) Seki Kusuo (tr.) (1986). *Sekai no Minwa (Folktales of the World) 36 Australia*, Tokyo : Gyosei

Carl Maria Friedrich Ernst von Weber (1821). *Der Freischütz*, Berlin

目次

これらの詩篇は、いつか、どこかの遠い国に住む、たったひとりの日本語話者に宛てて書かれたものです。日本語と英語による各章扉の掛け合いは、南オーストラリアご在住の詩人・大輪志龍さんとの対話により生まれました（大輪さんありがとう）。本詩集制作にあたり、編集の藤井一乃さん、ブックデザインのカニエ・ナハさんをはじめ、多くの方々にご協力頂きましたこと、心より御礼申し上げます。言葉も記憶も少しずつ流れてゆくこの世界で、いま、私たちの住むこの街こそが、いつか、どこかの遠い国なのかもしれません。この詩集が、あなたの住む街に、その旅の傍らにたどり着くことを願ってやみません。

夏野雨

明《あ》け方《がた》の狙撃手《そげきしゅ》

著者　夏野 雨
発行者　小田久郎
発行所　株式会社思潮社
162-0842 東京都新宿区砂土原町 3-15
電話　03-3267-8153（営業）・8141（編集）

ブックデザイン　カニエ・ナハ
装画　スークレウサギ「オーロラ」
英語協力　大輪志龍
解説　西崎憲、川口晴美、甲斐博和
編集　藤井一乃
印刷所　三報社印刷株式会社
製本所　小高製本工業株式会社
発行日　平成30年11月30日

The Shooter in the Dawn
by Ame Natsuno

Published by Kyuro Oda　Shicho-sha Co.,Ltd.
Ichigaya sadohara-cho 3-15, Shinjuku-ku Tokyo 162-0842
Phone +813-3267-8153 / 8141

Designed by Naha Kanie
Illustrated by Sucreusagi "Aurora"
Translated by Shiryu Owa
Commentary by Ken Nishizaki, Harumi Kawaguchi, Hirokazu Kai
Edited by Kazuno Fujii
Printed in Japan Ⓒ 2018

夏野雨『明け方の狙撃手』のために

博物館を出て丘まで

西崎 憲

自分ではほとんど書かず、分野にたいしてなんらかのヴィジョンを持っていたわけでもないのだが、長期間にわたって詩と呼ばれるものに、漠然と不満を感じてきた。

好きな詩人はたくさんいる。だから好きかときかれれば好きだと答えてきた。けれど大体の詩人たちが漂わせている重苦しさ、どこか高圧的な態度については、手放しで首肯することがどうにも難しかった。

しかし二〇〇〇年代の半ばくらいだったか、事情が変わってきた。自分にとって苦手な要素がどんどん減りはじめたのだ。しめしめと喜んでいるところに、この『明け方の狙撃手』が現れ、これまでいだいてきた不満は、見事に一掃されることになった。

そもそも二十世紀の著述家というものは、たいてい啓蒙的文体だったので、じつは詩人だけの問題ではなかったのだが、振り返ってみると、どうもその種の文には死物ばかり収めた博物館のようなところがあった。そして夏野雨のこの本はもちろんそういうものではない。

この本は指標であり、目次あるいは索引である。それらの語はどれも英語ではインデックスなので『明け方の狙撃手』はつまりはひとつのインデックスということになる。そしてそうであることによって規定せずに世界を記述するという破格のことを成し遂げている。

このよでいちばん売れている本が、売られていない町でのできごとです。

（「ケンタウリ、アルファ」）

そういった記念写真のなかで、断面としてさしだすことしかできない、横顔とかペン先を、回路としてきみにおくる。（「月食」）

暴風を耳にかかえたまま、わたしたちは電話をかけつづける。（同）

まずは語の平明さを見て欲しい。ここには詩を書くために捜索された語はない。詩のために大仰な意味を担わされた言葉はないのだ。指標なので明解さが必要なのだろう。それは難解な道路標識というものが存在しないことを思わせる。

そして、指標という形をとったことで、世界のすべてのものを指せるようになった。その大いなる歓び。そして夏野雨はもうひとつ工夫を付けくわえる。

夏野雨は指標自体を詩にするということも試みた。

難解な道路標識というものはない。しかし視覚を喜ばせる道路標識は存在する。

つまりここにおいて実現しているのは、詩によって詩を示しているということなのだ。それは再帰性と換言できるかもしれない。おそらく再帰性は詩や音楽や数学や科学のきわめて重要な問題である。表現というものはある瞬間、ある場に回帰しつづける。写真はつねに撮られた瞬間を再現し、自由演奏してもいいはずの演奏家は「曲」に拘泥する。再帰性はまたリフレインやリピートとも言い換えられる。詩は詩から出て詩に帰ることを繰り返すのだ。

散文と韻文の往還、英詩、レイアウト、表記上の実験、トーテミズムなど、語るべきことは多いのだが、まずはこのような本が刊行されたことを祝福したい。

どんなに深刻なものであれ、陰気なものであれ、本というものには、どこか喜ばしいところがある。そして本はあなたの部屋の窓であり、ドアである。ちょうどこの明澄な詩集が示しているように。

（小説家、翻訳家）

近くて遠いひかりの先へ

川口晴美

夏野雨さんの詩を最初に読んだのは、二〇一〇年から一一年にかけて「現代詩手帖」の新人作品欄の選者をつとめていたとき。投稿作のほとんどが長めの詩だったなか、たった十五行の「王冠」の凜とした潔さが印象に刻まれた。どんな書き手なのか一篇だけではわからないと思いながらも、結晶化した詩の核のやわらかな強度と光度を十五行のなかに感じ、その手触りに賭けようと二〇一一年三月号の入選作に選んだのだった。

このたび第一詩集『明け方の狙撃手』におさめられた二十篇を読んで、あれが賭けだったとしたら当たったたと確信できた。だが、記憶に鮮やかな「王冠」は入っているものの、意外なことに詩集は長めの詩が中心となっていて、散文詩も多い。夏野さんは本来、物語を宿らせた息の長い語り、うねり流れる言葉のリズム、伸びやかな展開を好む書き手なのかと認識をあらためた。とはいえ、最初に感じた強度と光度は失われないまま、独特の魅力として燦めいている。

増殖をつづける新市街には　あたらしい虫や
植物たちがはびこる　鉄の　アルミの　プ
ラスチックの　あたらしい神経網が　電線の
ように伸びてきみの手を捕らえる（中略）そ
のなかにあって　わたしたちは骨そのものだ
あかるくはるかに砕けて剝がれる　まばたき
ほどのよわい季節だ
（「ファニーボーン」）

「肘の付け根」の「小さな骨」をとらえるところから始まるこの詩は、カメラが滑らかに引いていくにつれて広がる映像を、言葉のなかで見ている気持ちになる。身体に似た街、街に似た身体。空間のイメージが重なり合い、絡み合い、身体のなかの「骨」は近いところにあるはずなのに奇妙な遠さを宿して他の存在と溶け合い、混じり合う。そこには、解読できない、触れることのかなわない時間が層を成して潜んでいて、透きとおったひかりを放つ気配を感じさせる。

あかるさと透明感、石や骨を思わせるかたくなな佇まいは、詩集全体に散りばめられている。「イッツファイントゥディ」で、儚い危うさそのもののように広がるあおい空。「白熊と炭酸水」では、ひそやかな「時間の粒」が雪のように空と地上をつなぎ、こぼした炭酸水の泡のように「僕ら」をつないでいた。「月食」は、「欠けた部分」をキーワードにして、靴についた砂粒、てのひらの骨、化石へと言葉のまなざしを移しながら、そこに潜む時間……記憶と言いかえてもいいだろうか、その遠さを見つめる。

どの詩篇も、描かれるのは私たちが日常的になじみのあるモノ（言葉）だ。けれど、それらは大切な物語のカケラであるかのようにひかりを帯びている。イメージの重ね方とずらし方が繊細で、そのあわいに、存在の根源からたちのぼるような、なつかしさにも等しいさみしさが漂う。読者はきっと、ああこの感じ知ってる、覚えがある、と胸の深くの痛みを思い出すように受けとめるだろう。それは過去の記憶でありながら未来の予感のよう。時間の層は両方向に伸びているから、淡いひかりの届くその先で、夏野さんはあたらしい風景を切りひらいて見せようとしている。

わたしの遠い手　幻肢　伸びてゆくいたみと
ともに　六月の　あかるい空に横たわる
（「幻肢、伸びてゆく手足」）

夏野さんの詩が抱き、放っているひかりを、私はここから先へ追っていきたいと思う。

（詩人）

夏野雨さんへ。

甲斐博和

二〇〇七年。東京の数日間。

無口に群立つ埃を煌めかせ透過するハロゲン球のひかりの中で君は、「K」という、誰でもあって誰でもない名前を纏っていました。僕には「金村」という、誰かの、名前がありました。小さな舞台の上で、ひとびとにみつめられながら、僕らは隣り合わせで立っていました。

それきり僕らは「切り離された氷河の上に、優雅に寝そべって、流されてゆく海をみていた」（「白熊と炭酸水」）白熊さながら、優雅かはわからないけれど、それぞれのどこかへと流れていきました。時間が等しく積み重なるそのあいだ君は、世界の全てを細やかに砕き、ひとつひとつかたちや手触りや音や匂いを確かめ並べなおし小分けにして、親密さという封筒できちんとつつみ、まだ見ぬ誰か、たち、に、おくってくれていたのですね。今日、僕のところにも届きました。ありがとう。

君のおくりものには、濃淡はあれそれぞれに「孤独」が縫いとられている手触りがありました。

いなくなることが
あらかじめ決まっている　（「くまのはなし」）

わたしの郵便受けには入っていませんでし
たよ　（「ケンタウリ、アルファ」）

ゆるすとかゆるされるとかでなく、ほどけて
ゆく手みたいに、はぐれてゆきたい　（「記憶カメラと時の箱」）

大切な「きみ」や「あなた」と重なり離れ、動物たちが挨拶がわりにその頭や背中を擦りつけては去り、花々が狂おしく咲き乱れては枯れ、

喧騒のあとに永遠のような静寂が訪れる、孤独な座標。君はそこに、一人立っているかのようです。

もちろん、一人立っているのは君だけではありません。舞台の上では誰しもが孤独といいますが、どこであろうと誰といようと、誰しもがそれぞれの孤独な座標の上に立っています。もちろん僕も。ハロゲン球も消え落ちた闇の中、まじわることともふれあうこともみつめあうことも叶わない、透明な点、点。

しかし君は「うまれた家の軒下に転がる石のようにさみしい」（「王冠」）としても、そこから君にしかみえない世界をみつめています。みとれています。そして書きとめています。「燃える水のうえ」（「中洲」）、「あらゆる畏怖や、怯懦が、無冠のままで、潤ってゆく、そんな季節」（「リリー」）、「まだみえない朝と夜とのさかいめ」（「あおのせなか」）。君が書きとめた言葉の連なりは、「狙撃手」に撃たれた銃弾となり、いくつもの「穴」を闇にあけるのです。とたん、差し込むひかり。輝き色づく、透明な点点。

銃弾の軌跡は線となり、色々に塗られた透明な孤独を星座のように結びつけます。そして僕らがその、やさしく甘く悲しく切ない記憶でできたプラネタリウムのような光景にみとれてしまっているころ、君は、ふたたび、せっせと、おくりものの準備をしているのでしょう。きっと、今夜も。

そして
もういちど渦巻きがはじまって
わたしたちは目撃する　（「中央平原より」）

二〇一八年、雨の夜に。

（映画監督）

Middle of Nowhere

The whirlpool starts again and we suspect glimpses of light
there are rocks, woods and grasses and if everything else that surrounds us is
limited by time our chatting never ends
as if an invisible shrimp jumped from the surface of a big winding river with a
splash of mud
Name an uninhabited town as graffiti
Bare feet ran away by making an abrasion silently;
Taking along firing voices
it shakes and sounds like a needle
Then today slips down
In a throat with a drop of morning

Crown

Fresh water is sleeping
inside of new snow
Will you give me
such an accessory

Trees stand like blood flow
and be silent on cold wind
Dropping black cloth
Not saying that was a mistake
It grew there to be
exposed to sharp winds
Not saying that was a mistake

Loneliness like a rock rolls
under the eaves of the house where I was born
Are you my family

Translated by Shiryu Owa